落ちることにより
初めてほんとうの高さがわかる
うかぶことにより
初めて
雲の悲しみがわかる

「準備」

# 高階杞一詩集

ハルキ文庫

角川春樹事務所

# 高階杞一詩集

## 目次

＊口絵写真
セグロカモメ／鎌形 久（アイノア）
男の子／コーサカ・トモ（アイノア）

＊カバー・本文イラスト／HITO

Takashina
Kiichi

# 高階杞一詩集

『漠』 1980

# 石像

忘れていることが
憶《おも》いださなければならないことが
何かあるような気がしてくる
おまえの顔を見ていると
遠い昔
巨大な太陽の下を
三畸竜《さんきりゅう》や始祖鳥に追われ
おまえのそばを走り抜けた時
ぼくは裸で
大切な約束でもしてきたようだ

## かなしみ

空には何もなく、キャベツがひっそり浮かんでいる。
地には何もなく、舵木《かじき》がひっそり生えている。

## 道

押立《おったて》温泉にて

車にでもひかれたのか
道にぺしゃんこになって
一匹の蛾が死んでいた

まだ生きているかのように
羽だけが風にひらひら揺れて
夏の終わり
トウモロコシ畑の続く
どこまでもまっすぐに延びた
道だった

＊押立温泉　磐梯山を背にした小さな温泉地

# 蒼穹

空の一郭に
鋭く切裂かれた場所がある
肉と呼ばれるものに
肉以外の存在を　またその意味を
ひととき憶いださせるために
肉と呼ばれるものの内に
そのわずかな空白に
沁みいるような青さがそっと
流れこむように

『さよなら』 1983

## 処分

日曜日のよく晴れた朝
町の方から
突然
当局の廃品回収車がやってきて
ぼくの目方を計り
ぼくを
一束のチリ紙に
変えた
ぼくの体は
廃棄処分になるという

ほら、カンカン云うでしょう
と彼らは笑いながら
ぼくの体を叩く
ぼくには何も聞こえない
口をあけ
ポカンとしていると
彼らは
ダメだなぁ、とでもいう風に
ぼくを一枚はがし
それで
ブッ　と
鼻をかむのであった

# いや、何でもないんだ

縁側で
突然
人が死ぬ
食べかけのスイカと
かわいがっていた一羽のネコを
残したまま
今日は通夜があるだろう
君は行かないと云った
あなたひとりで行けばいいと云う
ぼくはお茶を飲み
暗い服に替え
外へ出る
何日ぶりだろう
ひさしぶりの空にもたれて

あくびをすると
目の縁に涙がたまる
何故だろう
食べかけのスイカとネコを
残したまま縁側で
突然人が死ぬ
ありふれたことだ
と君は云う
丘の方から
ゆっくりと下りてくる人がいる
ぼくは振り返り
君を呼ぶ
大声で君を呼ぶ
君は
縁側の
生い茂った草の合間からひょいと
顔を出す

ぼくは
何も言わずに
手を振った

## 約束

空の深みに
ひとつの椅子がある
誰もみなとうに忘れてしまったのに
爬虫類や魚類よりずっと昔から
椅子はそこで
待っている
大きな荷物をかかえて
その人が

いつか
帰ってくるのを
「痩せましたね」
「すっかり遅くなってしまって……」

## 春の食卓

春の食卓に向き合って
ぼくたちは
互いの皿に盛られた春の
一部始終を食べる
ときおり細い雨が降り
ときおり人が行き過ぎる

そんなありふれた景色の中で
だまって
目の前のたくさんのみどりでお腹を満たす
話すことも
話し合いたいことも
ありあまるほどあったけど
何も言わないで
ぼくたちは
それから
別れていくまでの
長い長い朝食をした

『キリンの洗濯』1989

## 象の鼻

世界の端っこに
鼻のない象がいて
午後には
おばさんがきて
夜には
君が横にいて
ぼくは

長い長い夢を見る
広い砂漠を
あてどもなく歩いていく夢だ
象の鼻をひきずって
何故こんなものを借りたのか、と
考えながら

## 長い物語

幸福
という本を読み了えた
ラクダに乗って　人が
遠くまで　人に会いに行く物語

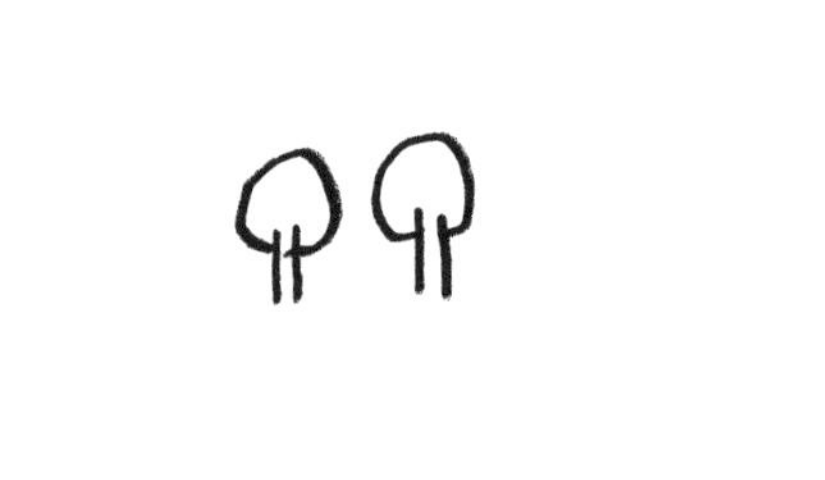

ラクダの上で
人は楽だが
ラクダはつらい

何だかんだ言いながら
やっと
世界の果てへ

辿り
着いたところで終わる

会えたのか
会えなかったのか
分らないままに

人とラクダの

長い物語が　終わる

# 春

オオカミのような動物が
べろっと長い舌を出す
食べられちゃうかもしれない
と人は
グーを出す
オオカミのような動物はパーを出す
その一瞬
世界はしんと静まり返り
夕日が
地球の向うに落ちていく

いつだったか
遠い昔
そんなふうにして
誰かと　たったふたりっきりで　この世に
立っていたような
気がする
春
縁側で
ひとり坐っていると

## てこの原理

朝
出かけていくたびに

自分が
向うへずれていく
はるか向うの端に
今朝も　何かが乗っている

象か
ワニか
カバか知らないが
何かが乗って
少しずつ
向うが重くなっていく

毎日
少しずつ傾斜が急になっていく

それに

負けないように
こちらにも
重い
象か
ワニか
カバが
わたしは欲しい

## ぷかぷか

アザラシにでもなってしまいたい夜は
頭が寒い
頭の中には

雨が　びちょびちょ降って
どこかで
今も
ペンギンやシロクマが
ぬれているような気がしてつらい

こんな夜
君はもう眠ったろうか

ぼくはまだ起きてるよ
起きて
ひとり
アザラシのことなんか考えている
アザラシにでもなって
ただぷかぷかと

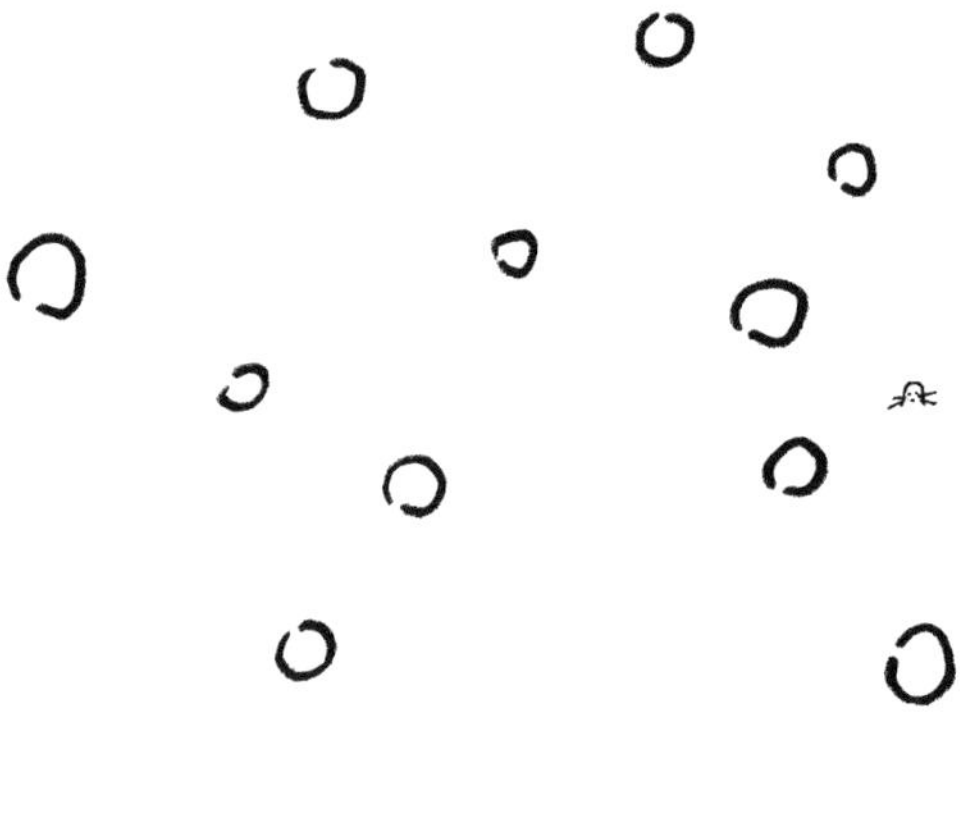

日々を
いっそ流れていけたらいいと

## 家には誰も

家には誰もいなかった
タンスにも
屑籠にも冷蔵庫にも
いなかった
ただ
いなかった　だけがいて
迎えてくれる

おかえりなさい

ぼくは黙って服を脱ぐ

それから
小さなテーブルに向き合って
ぼくと
いなかったとの
食事が始まる

## 親指のとなり

一日一便
夜になると
足裏に銀の馬車がやってくる
親指の停車場で止まり

空へ
ホーッと白い息を吐く
　寒かったね
　死んじゃうかと思ったね

しずかな冬の夜
あたたかい暖炉のそばで
二人は　くり返し
過ぎてきた街や人について語り合う

いつか　中指の明りは消えて
二人は眠ってしまう
いつか　親指の明りは消えて
馬は眠ってしまう

そのとなり

さみしい標識のような指からやがて
月が出て
馬車はカボチャに変わる
人は　思い出に　変わってしまう

## 螢の光

ビビアン・リーと
ロバート・テーラーの別れのシーンにも
この曲は
流れていたが
原曲はスコットランドの民謡で
久しき昔
というらしい

これが　いつから卒業式のテーマソングになったか
はともかくとして
この曲を歌って
ぼくも
小学校と中学校を出た

ほたるのひかり
まどのゆき
書《ふみ》よむつき日、かさねつつ
からは程遠い日々だったけど
この曲は誰にも分け隔てなく流れ
流されて
ぼくは

それから
何匹かの犬と
祖母と

何人かの身近な人と
死に別れ
女の子とも
（これは生きたまま）
幾度となく別れ
別れの数だけは一人前にこなしてきたが
あれ以来
そのどんな別れのシーンにも
もう
この曲は流れてこなかった

もちろん
ぼくはロバート・テーラーではなかったし
犬も祖母も恋人も
ビビアン・リーではなかったが

三月の　こんな

陽気のいい日には
ふっとこの曲のことを思い出す

久しき昔
遠く、楽しかった日々

そして
君との長い月日の暮し
許し合ったり
憎み合ったり
あれやこれやあったけど
それもこれも
みんな水に流して
いつしか年もすぎのとを
あけてぞ　けさは
わかれゆく

## 贈り物

夢にも
帰っていく所があるんだろうか
明け方の人通りの少ない道で
ふいに不審尋問された時
はっきりと答えられるような場所が
あるんだろうか
そこでは
たくさんの夢が星座のように積み上げられて
手をのばせば
いつでも好きな夢に手が届く
もし
そんな場所があるなら
行って
その中の一番素敵なやつをもらってこよう

そして
それをそっと君の夜に届けよう
長い間出せないままでいた　長い
手紙のようにして

## キリンの洗濯

二日に一度
この部屋で　キリンの洗濯をする
キリンは首が長いので
隠しても
ついつい窓からはみでてしまう
折りたためたらいいんだけれど

傘や
月日のように
そうすれば

大家さん
に責められることもない
生き物は飼わないようにって言ったでしょ　って
言われ　その度に
同じ言い訳ばかりしなくたってすむ
飼ってるんじゃなくて、つまり
やってくるんです
　いつも　信じてはくれないけれど

ほんとに　やってくるんだ
夜に
どこからか
洗ってくれろ洗ってくれろ

と
眠りかけたぼくに
言う

だから
二日に一度はキリンを干して
家を出る
天気のいい日は
遠く離れた職場からでもそのキリンが見える
窓から
洗いたての首を突き出して
じっと
遠い所を見ているキリンが見える

## か

かがみこんだまま
じっと
殴られ終わるのを待っていた
炎天下
帽子をかぶってくれればよかったな
帽子を
とりに帰ってもいいですか？
と
問う顔に
嵐のようなめったうち　それが

今も
記憶にあって

## さ

さまよえるオランダ人
を書いたのはワーグナー
さまよえるぼく
を書くのはぼく以外になく
朝　起きて
まずは自分を探す

世界のどの辺りにぼくや
私がいるか

## ち

昔
アラブの偉いお坊さんが私に言った
この宇宙の端っこの地球という星に
生命《いのち》が誕生したのは奇跡のようなもんだと
あれから二千数百年
この奇跡の星に生まれて人は
互いに
奇跡を潰し合う
それぞれのバックには

それぞれの神様がいて

ね

ネアンデルタール人に不眠症はいたろうか

窓をあけ
空の草をかきわけて
眠れない
訳
を探して

## ふ

ふふふ　笑う
ふうふ　疲れる
とうふ　壊れる
ふふふ　こわばる

## め

目から鱗が落ちて
めでたく彼は魚になった
青鉛筆で
街に清らかな水の流れを描いて

夜は
机の引き出しで眠る
知らないうちに誰かに釣られ
目が覚めたら
今度は　おつくりになっていた　なんて
ことのないように

## ゆ

ゆうゆうと
夕焼けは焼けて
なくなった

自転車を漕いで

別の
焼けているところを探しにいった

り

理科の日
青空で追試を受ける
たくさんの
ごまかしてきた問題が
いくつも
いくつも

現れて

わ

ワニは河から上がり
水着を脱いだ
誰も見ていなかったので
そのまま砂の上に寝転んだ
（家庭をもとう……）
ぼんやりとそう考えた

大陸には
いちめんに白いものがちらついていた

ぜ

全面降伏をした春の
土の上にも草は萌え出る
これでやっとゆっくり眠れる
灰はさらさらと　空を流れて

ど

ドーナツの穴のところだけください
と言ってるようなもんだな

君のぼくへの注文は

ん

キリンも
ライオンも
ペンギンも
もう
みんな眠ってしまった

冬の動物園には
ただ改札のおじさんだけがいて
風にびゅんびゅん吹かれている

こんな夜は
一杯のお茶がとてもおいしい
と
おじさんは笑う

バイバイ

星が手を振る

バイバイ

『早く家《うち》へ帰りたい』1995

# 催促

雄介九ヶ月、四度目の手術の前に

春の土から
草が萌え出すように
小さな歯茎から
小さな歯が二本
生えてきた

何か
噛むものをちょうだい
と

まるで催促でもするように
それにまだ
応えられないのが
つらい

## 愛

こどもがはじめて笑った日
ぼくの暗がりに
ひとすじの強いひかりがさしこんだ
生まれてはじめて見るような
澄んだあかるいひかり
その時

ぼくの手の中で
愛
という形のないものが
はじめて〈愛〉という形になった

そして
ぼくの〈愛〉はまだ病んでいる
病院の小さなベッドで
「苦しい」とか「痛い」とか
そんな簡単な言葉さえ
いまだ知らずに

# 見えない手

こどもが生まれて初めて立ち上がる
お尻をうしろに突き出して
それから
よいしょ
とでもいうふうに
ゆっくりと手を床からはなして
よろよろと
最初の数歩を歩む

何百万年か前
初めて二本の足で立ち上がったヒトが
そうしたように
手を前に差し出して
目の前の

いちばん近しいひとに向かって
進む

ぼくも
時には
そんなふうに手をのばしたくなってくる
誰かに向かって

よく晴れた朝
こどもといっしょに窓から遠くを眺めていると
うしろから
そっと支えてくれる手が
ぼくにも
あるように思われてきて

# ゆうぴー　おうち

平成六年九月四日、雄介昇天。享年三。

せまい所にはいるのが好きだった
テレビの裏側
机の下
本棚とワープロ台とのすきま
そんな所にはいってはよく
ゆうぴー　おうち
と言っていた
まだ助詞が使えなくて
言葉は名詞の羅列でしかなかったけれど
意味は十分に伝わった
最近は
ピンポーン　どうぞー　というのを覚え
「ゆうぴー　おうち」の後に

ピンポーン　と言ってやると
どうぞー
とすきまから顔を出し
満面笑みであふれんばかりにしていたが……

今おまえは
どんなおうちにいるんだろう
ぼくは窓から顔を出し
空の呼鈴を鳴らす

　ピンポーン

どこからか
どうぞー　というおまえの声が
今にも聞こえてきそうな
今日の空の青

# 早く家《うち》へ帰りたい

## 1

旅から帰ってきたら
こどもが死んでいた
パパー　と迎えてくれるはずのこどもに代わって
たくさんの知った顔や知らない顔が
ぼくを
迎えてくれた
ゆうちゃんが死んだ
と妻が言う
ぼくは靴をぬぎ
荷物を置いて

隣の部屋のふすまをあけて
小さなフトンに横たわったこどもを見
何を言ってるんだろう
と思う
ちゃんとここに寝ているじゃないかと思う
枕元に坐り
顔を見る
頬がほんのりと赤い
触れるとやわらかい
少し汗をかいている
指でその汗をぬぐってやる
ぼくの額からも汗がぽたぽた落ちてくる
駅からここまで自転車で坂道を上がってきたから
ぬぐってもぬぐっても落ちる
こどもの汗よりも
ぼくは自分の汗の方が気になった
立ち上がり

黙って風呂場に向かう
シャワーで水を全身に浴びる
シャツもパンツも替えてやっとすっきりとする
出たら
きっと悪い夢も終わってる
死んだはずがない

2

こどもの枕元にはロウソクが灯され
花が飾られている
好きだったおもちゃや人形も置かれている
それを見て
買ってきたおみやげのことを思い出す
小さなプラスチック製のヘリコプター
袋から出して

こどもの顔の横に置く
（すごいやろ　うごくんやでこれ）
ゼンマイを巻くと
プロペラを回しながらくるくるくると走る
くるくるとおかしげに走る
くるくるとおかしげに走る
その滑稽な動きを見ていたら
急に涙がこみあげてきた
涙と汗がいっしょになって
膝の上に
ぽたぽた落ちてきた

3

こどもの体は氷で冷やされ
冷たく棒のようになっていた

その手や足や
胸やおなかを
こっそりフトンの中でさする
何度も何度もさする
ぼくがそうすれば
息を吹き返すかもしれないと
ぱっちりと目をあけ
もう一度
パパー　と
言ってくれるかもしれない、と

4

みんな帰った
やっとひとりになれて
自分の部屋に入っていくと

床にCDのケースが落ちていた
中身がない
デッキをあけると
出かける前とは違うCDが入っていた
出かける前にぼくの入れていたのは大滝詠一の「ビーチ・タイム・ロング」
出てきたのは通信販売で買った「オールディーズ・ベスト・セレクション」の⑩
デッキのボタンを押すたびに受け皿の飛び出してくるのがおかしくて
こどもはよくいじって遊んでいたが
CDの盤を入れ替えていたのはこれが初めてだった
まだ字も読めなかったし
偶然手に取ったのを入れただけだったのだろうが
ぼくにはそれが
ぼくへの最後のメッセージのように思われて
(あの子は何を聴こうとしたんだろう)
一曲目に目をやると
サイモン&ガーファンクル「早く家へ帰りたい」
となっていた

スイッチを入れる
と　静かに曲が流れ出す
サイモンの切々とした声が
「早く家へ帰りたい」とくり返す
それを聴きながら
ぼくは
それがこどもにとってのことなのか
ぼくにとってのことなのか
考える
死の淵からこの家《うち》へ早く帰りたいという意味なのか
天国の安らげる場所へ早く帰りたいという意味なのか
それともぼくに
早く帰ってきてという意味だったのか
分からないままに
日々は
いつもと同じように過ぎていく

ぼくは
早く家へ帰りたい
時間の川をさかのぼって
あの日よりもっと前までさかのぼって
もう一度
扉をあけるところから
やりなおしたい

## また今度

あした　と　きょう
がやっと言えるようになってきて
（その意味の違いも分かるようになってきて）
どこかへつれていってほしいと思う時

例えば
バンバン、バンバン*とうるさくせがむ時
また今度、とか言うと
怒って
きょう、きょう　とくり返す

今日はだめ
少し強めにそう言うと
首をかしげ
あした？　と弱々しげにきく
明日もだめ、また今度
その途端
いや、きょう、きょう、と
泣いてしがみついてくる
それでも放っておいたばっかりに

ぼくには

永遠に
その　また今度が　来なく
なってしまった

＊バンバン　近所のおもちゃ屋の名前

## マーメ

まだ小さくて
ゆうすけはダメがうまく言えない
どうしてもマメと聞こえてしまう
それをどこかのコマーシャルソングみたいに
マメ　マメ　マーメ
とからかうと
それにも

マーメ
と口をとがらせて怒る
　　パパ、マーメ
　　パパ、マーメ

その声が
今も時折ぼくのどこかで響く
ぼくが何かまちがったことをしそうになる時
まちがった方向へ行こうとする時
その声が
ぼくのどこかで響く
そうして
おまえがなくなって最初の春を
ぼくは
おまえに叱られながら行く

# 信号機の前で

## 1

信号を見るたびに
こどもはまるで歌うように言う

あか　だめ
あお　いい
き？

黄は注意
何度そう教えても
信号を見るたびにくりかえす

あか　だめ

あお　いい
き？

黄は注意
そうくりかえすぼくにも
黄のほんとうの意味はよく分からない
進んでいいのか
とまるべきなのか

生きている途中にも
たくさんの信号があって
それが急に黄に変わるような時
ゆうすけ
おまえのように
パパも
き？
と

誰かに問いたくなることがあるんだよ

2

たぶんママに教えられたんだろう
青になると手をあげて
こどもは
横断歩道をわたる

その日もたぶん
青で

手をあげて
おまえはいってしまった
もう誰の手も届かないところへ　たったひとりで

パパはじっと
おまえのいってしまった方を見る
空の奥処《おくか》
その
赤も黄もない場所を

3

あか　だめ
パパ　あか　だめ
と
まだたった三つのおまえに叱られながら
ずいぶんと赤でわたってきた
が

今

信号機の前で
ぼくは
ひたすら青になるのを待っている
あか　だめ
パパ　あか　だめ
と
口をとがらせて言うおまえの声を
思い出しながら

4

青になった
さあ　いくよ
こどもの手をひいて
ぼくは横断歩道をわたる

行手には
春が待っていて
おまえは歌いながらいく

あか　だめ
あお　いい
き？

黄は　ちゅうい

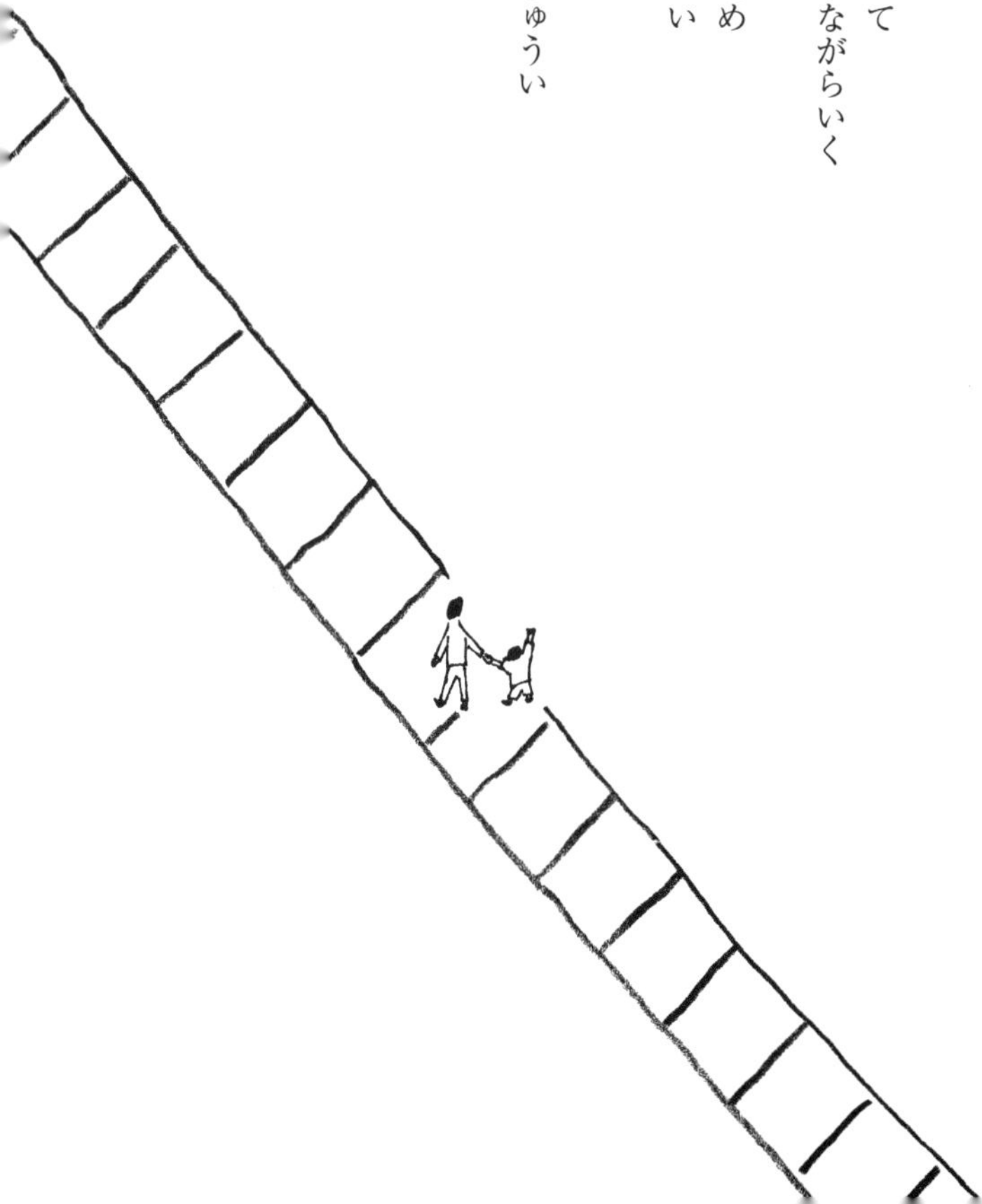

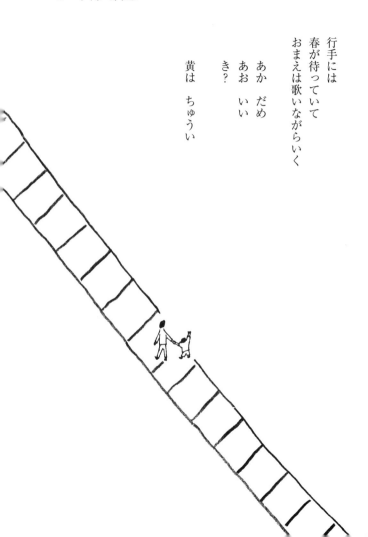

『春'ing』（はりんぐ）1997

## 人生が1時間だとしたら

人生が1時間だとしたら
春は15分
その間に
正しい箸の持ち方と
自転車の乗り方を覚え
世界中の町の名前と河の名前を覚え
さらに
たくさんの規律や言葉やお別れの仕方を覚え
それから
覚えたての自転車に乗って

どこか遠くの町で
恋をして
ふられて泣くんだ

人生が1時間だとしたら
残りの45分
きっとその
春の楽しかった思い出だけで生きられる

## 春'ing

今日はお鍋よ
だったらぼくは牛蒡《ごぼう》と葱《ねぎ》を買いにいこう
そう言って

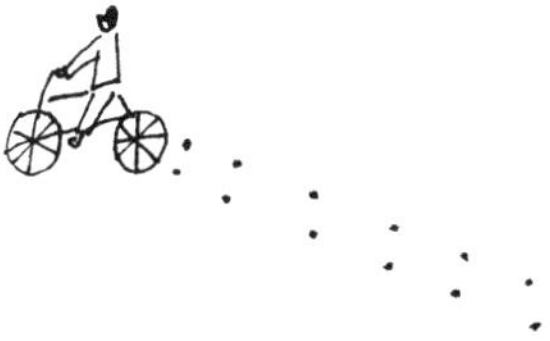

出ていったまま
もう二十年もあの人は帰ってこない

この頃は
めきめきと
空も
春らしくなってきたし
わたしは
ひとりでもお鍋ぐらいは炊ける

丘の上で
雲といっしょに
トントンって
包丁を動かしているのも楽しいし

明日は
雲雀も入れてみよう

それから
自転車に乗って
街まであの人に
もうすっかり用意ができたことを告げにいこう

## 夢の国

ひとり
どこか静かな国へ行きたいと思う
アルプスの少女ハイジや
赤毛のアンや
思い出のマーニーのアンナのような
女の子がそこにいて

まわりには心やさしい
おじいさんやおばさんや友達や恋人や子供たちがいて
はるかな丘の向こうには
白い小さな雲が
一つか二つぽっかりと浮いていて……
そんな国を
ひとり旅するぼくを想像
しながらぼくは
部屋で
今夜もちびりちびりと酒を飲んでいる
そんな国あるわけない
と君は言うけれど
ぼくは思う
どこかにきっと
そんな夢のような国があるんだと
たとえそれが
ぼくの入っていくことのできない国だとしても

# 自分の置場所

時々自分の置場所が分からなくなる
どこへ置いてもぴったりとこない
タンスにしまうわけにはいかないいし
冷蔵庫に
とりあえず保存
というわけにもいかない
服に着替えて
外へ
出ると
外は久し振りの上天気
こどもが初めて笑った日のような

早春のやわらかな陽射しの中を
ぼくは
ゆっくりと
自分を抱えて歩く
少しずつ
軽くなっていく

## 食事

猫が食事をしている
と　知らずに強く扉を開けた
猫は驚いて
ひどく怯えた目でぼくを見る
その時ぼくは

初めて
猫の目が人間よりずっと下の方にあるのを知った
人間よりずっと下の方から猫は
この世を見つめているんだと知った

わたしたちが食事をしていると
晴れた空のどこかで
突然　扉が開く
わたしたちは怯えた目を上げて
空を見る

何もない空の
真上から
箸が
ゆっくりと下りてくる

# 約束

世界の始まりの時
ぼくはそこにいなかった
まだ
ミジンコやプランクトンにさえ
なっていなかった

大きなガスの塊りが
ぐるぐると回っているうちに
いつか地球という星ができ
火と水がぶつかり合って
やがてひとつぶの命が生まれ

それが
ぼくの始まり

今から何十億年か前
そんな
遠い昔からの約束のように
今　ぼくが　ぼくという形になって
ここにいる

ふしぎだ

# サイの河原

賽の河原
というと
サイのいる河原だと思ってた
なんてことはないけれど
ほんとうに
その川の川べりにサイがいっぱい集まって
水浴びなんぞしていたら
おもしろい
まわりには
カバやキリンなんかもいたりして

死んでいった親しい人や
犬や
祖母

みんな
川のあっち側に行ってしまったけれど
そっちにも
サイはいる?
返事はしない
ただ
水が
きらきら　きらきらきらと　光ってるんだ

『夜にいっぱいやってくる』1999

## 春昼

この春は椅子がない
歩き続けて
壁に
突きあたる
見上げれば
はるか遠くに
きれいな声がいて
「これが最終便ですよ」
と告げる
どこかで発車のベルも鳴っている

でも
乗るべきものが
ぼくには見えない
壁の向こうで
ただ
扉がしまり
静かに
何かの出ていく音だけがする

## 惑星

魚の骨をせせりながら
ふと
大きなお皿の上で

つつかれ
せせくられ
少しずつ骨だけになっていく自分を想う

おいしい？
ちょっと固いね　このニンゲン
なんて
遠い箸の向こうでは
声がして

（いったいここはどこだろう……）

お膳に向かうこの白身
手と足をつけ
この惑星で

秋の夜

ひとりで食事をしていると
どこか宇宙の真ん中で
骨になり
じっと浮かんでいるようで

## 川の字

寝る時はママ
と決まっていた
たまにパパと寝ようと言っても承知しなかった
ママのいない夜は泣いてむずかった
それがいつ頃からか
フトンを指さし
ママ、パパ、ゆうぴー

と言うようになった
大人のぼくはそんなに早く眠れない
で、
しばらく隣で寝たふりをする
たまに意地悪く
ママがいるからいいだろ、と言うと
隣を指さし
パパー！　と怒る
なかなか寝つかない時は
何やかや理由をつけて部屋を出て行こうとするのだけれど
手を引っぱって放さない
時には泣いて追いかけてきた

ゆうちゃんのいちばん好きなの　だれかな？
まだ満足に口のきけないこどもに
ぼくはよくそんな質問をした
初めのうちはママばかりだったけど

次第にパパと言う回数も増えてきた
二人の顔色を見て
その時々でこどもは答を変えた

「パパはママがきらい」
妻と激しく言い争った日
こどもに
ぽつんとそう言ったことがある
こどもはちょっと困ったような　複雑な顔をして
黙ったまま
じっとこちらを見ていた

体に傷を負った子に
これ以上
こころにまで傷を負わせたくないと願ってきたのに
それに反することばかり
ぼくたちはして

結婚以来五年間
ずっと別々の部屋で寝てきたが
こどもが逝って
ぼくらは初めて川の字で寝ることになった
まん中には小さな骨箱がひとつ
それはちょっと
いびつな川の字だった

## ツバメ

田を低くかすめて
ツバメが空へ舞い上がる

夏がきたんだ
楽しそうに子供たちが学校へと向かう
その横を
自転車をこいで
ぼくは職場へと向かう
今日も
一日の大半をその場所で過ごす
失っていくものと
得るものと
その両方を生きる天秤にかけながら
坂道を
毎朝、駈け降りていく
行く手は新しいみどりにつつまれて
子供らは
無邪気に未来へと向かう

ツバメが

# どこかで犬が

真昼
どこかで犬がないている
空には
あいたままの椅子がぽつんとあって
太陽は激しく地上を照りつけている
草木は枯れ
動くものは皆死んでいく
こんな夏の日

もっと遊びたかった
もっと生きていたかった
そんな声がして

遠い椅子の向こうを探す
何にも見えない
ただ犬のなく声だけがして

## 静かな入口

そっちへいったらあぶないよ
こっちへおいで
と手をのばし
待っているところで

目が覚めた

頭の奥では
まだ水がきらきらと跳ねていて
おまえのうれしそうな顔も
そこには
まだかすかにあって

パパー、あっち
と　遠くを指さしている

（深いなあ……）

夏の終わりのプールサイド
わきあがる入道雲
その
あっち

への
静かな入口を
ぼくは静かにノックする
そうして
じっと　待っている

## だぶだぶの夏

昼休み
外に出て
ひとり　ぼうっと空を見ていると
少しずつ僕からまわりがずり落ちていく
壁や

木や
人や車や
雲が
どんどんずり落ちていき
やがて
空には空以外何もなくなってしまう

どうしましょう
いつもより短めにしてください

青空の鏡台
椅子には
坊ちゃん刈りの僕がいて
まっすぐ前を向いている

（僕にもあんな頃があったんだ……）

ずり落ちたまわりを上げて
また
仕事に戻る
長い
長い
大人の時間に戻る

## 夏の遺跡

空が固い
時間が止まる
山里の休耕田から遺跡が発掘される
土器と骨と柱の穴
水際に蛙がじっとして

光る水を考えている
遠く
山の方には雲が湧き
真上には太陽がぽつんと一個
大昔からあの場所で
ずうっと一個きり

僕もここに一個きり

四十六年
と
はるか四十六億年
それぞれに
この夏も
生きて
次の場所へと向かう

# 茫洋

ハサミで夜を切っていく
菱形、三角、ギザギザ、むちゃくちゃ
そんなふうに
ぼくらも終わった
君の激しい罵りも
今は遠い記憶となった
青空が間抜けのように広がっている
見上げると
関節がぼきぼき鳴るよ
何だか遠いところでぼきぼき鳴るよ

# あとがき（『夜にいっぱいやってくる』）

はるか晴天の奥の奥

透明な

喪失
と
希求

ここかな

扉をあける
ここではない

ここかな

扉をあけるここでもない
くりかえし
くりかえし
そうして
待っている
長いうつつの時間
夜に
いっぱいやってくる

『空への質問』1999

## 準備

待っているのではない
準備をしているのだ
飛び立っていくための

見ているのではない
測ろうとしているのだ
風の向きや速さを

初めての位置
初めての高さを

こどもたちよ
おそれてはいけない
この世のどんなものもみな
「初めて」から出発するのだから

落ちることにより
初めてほんとうの高さがわかる
うかぶことにより
初めて
雲の悲しみがわかる

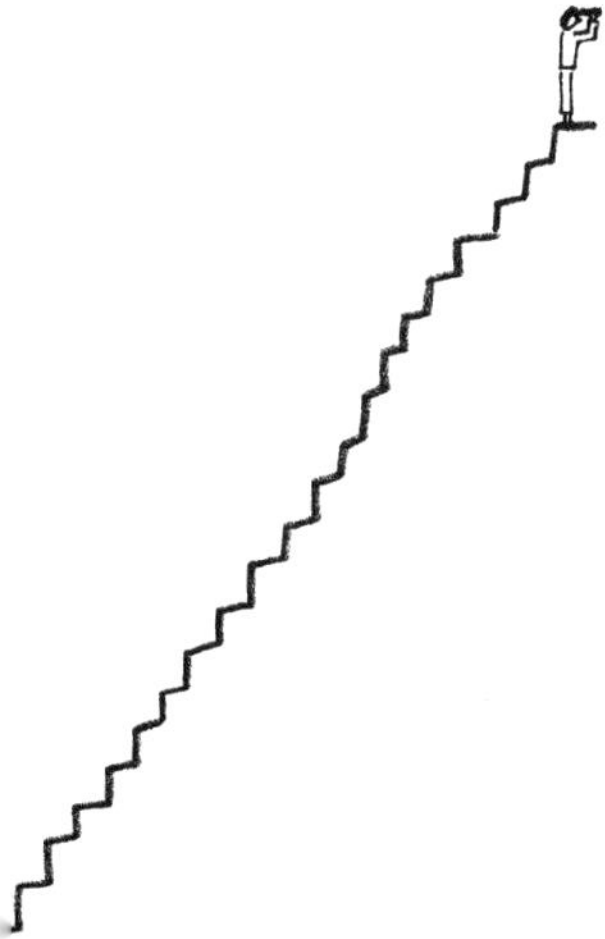

# 初夏

郵便屋さんがくる
山の上からゆっくりと
夏をつれて下りてくる
水を張った田んぼには
白い雲が落ち
みどりの苗が
文字のように並んでる

あれは
誰への手紙だろう

　　ゴメンネ　遅クナッテ

と

声がして
遠い
はるかな所から
郵便屋さんがやってくる
ぼくのポストへ
一歩一歩
夏といっしょにやってくる

# 夕焼け

日が沈んでいく前に
神さまは
一本のマッチで火をつける

さあ、もうすぐ夜がきますよ
という合図の代わりに

火は
あらゆる場所をまんべんなく包み
燃え上がらせる
その一瞬
世界は
とても静かになる
何か荘厳なものにふれて

でも
空を行く鳥と
木々と
悲しみをかかえたものにしか
神さまは見えない

## 水ぬるむ

春がきて
凍っていた顔もとけてきた
チューリップのように並んだ笑顔
世界には
まだまだいっぱい素晴らしいことがある

と
それは
教えてくれているようで

よかったね
生きていて

まだ風は冷たいけれど
春の服を着て
出かけてみよう

蛇口は胸の中にある
ひねれば
きっと
昨日とは違う水が出る

## ムカデ

ムカデは
空を見ながら呟いた
　みんなとお友達になれたらな……

## 春のスイッチ

春になったら
花が
いっせいにひらく
どこかで

誰かが　ポンと
スイッチを入れたみたいに

ぼくにも
こんなスイッチ　あるのかなあ

長い冬が過ぎ
いっせいに
ぼくのひらくような日が
いつか
ぼくにも
くるのかなあ

# 風の五線譜

風に葉っぱがゆれている

大きな葉っぱ
小さな葉っぱ
ぎざぎざの葉っぱ
まるい葉っぱ
黒い葉っぱ
黄色い葉っぱ

ひとつひとつが
風にゆれ
みんな

ちがった音を出している
みんなで
きれいな曲を奏でている

## たまご

たまごをわると
きみが　でてくる
まんまるな　めをした　きみが
ぽたん　と
あつい
フライパンのうえに
着地する

ああ　よかった
ちゃんと　おりられて
みたいな
かおをして

すこしずつ
わたしよ　って　かたちに　かたまっていく
そんな
きみを　みていると
ぼくも

いつか
ずうっと　むかし
そらの　どこかで　われて
ここに
ぶじに着地した

いっこの　きみのように
おもわれてきて

## 星の終末

事は　知らないうちに
運ばれて
気がつくと
こんな事になっていた
世界中
何にもなくて

うわあ
すごい星

# 返事

冬の　くもった空へ
手紙を書いた
　いいことなんて
　　あるのかなあ
つぶやいて
土のポストにいれた
その夜
雪が
降ってきた
遠い　空のはてからの

# 返事のように

『ティッシュの鉄人』 2003

# 聖夜／天使が／空で

噛んじゃダメ
このビルはまだそれほどおいしくないし
窓だってまだいっぱいにある
上から下へのぼっていくと
どんどん世界が老けていく
高いね
こんな所から落ちたら死ぬね
今度は何になるんだろう
水か
石だといいね

何も考えないものに
今度は
なれたらいいね

## ほろほろ

朝
家を出て
透き通る犬の頭をなでる
それはとても壊れやすいものだったので
手にはいつも
かすかな親近が寄せてくる
この犬は雲かもしれない
お手

お坐り
昨日
カニを食べに行きました
温泉にも入りました
カニの頭をぱかっと割って味噌も全部食べました
ほんとにカニはかわいそう
言いながら
君は全部食べました
雲は形を変えて
もう犬ではありません
カニでもない
何でもない
何もない
「いいこ　いいこ」
あおむくと
何だかほろほろしたものが
ほろほろ

降ってくるんだよ

## 春の行進

春だった
世界中に
牛
がいて
人は行進をする
鉦《かね》をつき　太鼓をたたいて
ロース、ロース
と
馬鹿みたいに浮かれながら
その横で

僕は測量をする
自分の今いる位置を
空にまっすぐな箱尺を立て
もっと遠くへ行けたらな…
ロース、ロース
歌いながら
人は行く
何ひとつ分からないままに
僕も
ついていく
ロース、ロース
ロース、ロース
いつしか誰よりも大きな声で

# 水の朝

空から水がもれていた
目が覚めて
止めに行こうと思ったけれど
どこだったのか
広すぎて
分からない

まだ濡れている体を立てて
ベランダへ
運ぶ

遠くが見える

魚が泳ぐ

晴天に
そうして乾かされていると
ゆっくりと
もれていた箇所が
思い起こされてくる

それはもう
止めに行けない所にあるんだと　分かる

# 杜子春

泰山《たいざん》の南の麓の
桃の花がいちめんに咲いている庭で
杜子春《とししゅん》は考えた
まっとうな人間になろう
そうしてまっとうな暮らしをしよう
まずは
妻をめとり
こどもをつくろう
そうして一生懸命仕事をしよう
そう決意して

ハローワークへ行くと
仕事がなかった
今時ああた、そんな条件のいい仕事おまへんで
あきれられ
たっぷりと値踏みをされて
表へ出る
泰山が
はるか遠くにかすんで見えた

## 桃太郎

今朝は十時に起きた
いつものように
顔を洗い

体操をして
テレビを見ながら
コーンフレークとゆでたまごを食べた
新聞を読み
トイレに行って
戻ってからまた続きを読んで
そうしてあれやこれやしているうちに
いつのまにか夕方になる

いい暮らしだな
と人は言うけれど
することがないっていうのも
つらいことだよ

鬼退治の依頼もこの頃はさっぱりないし
(鬼が減ったわけではないのにね)
まともな仕事に就こうと思っても

親が桃
ではどこも雇ってはくれない
「日本一」の幟《のぼり》を立てて
(昔はこれだけで拍手喝采されたもんだが)
営業に回っても
今は
いつまでも桃やってんじゃねえ
なんてののしられ
鬼より
人の方がこわい

あの時あんな所へ行かなきゃよかったな
と　この頃つくづく思う

やさしかったおじいさんもおばあさんも死に
イヌやキジもとうに死に

サルも去年の夏に亡くなった
今はもう
訪ねてくる人もない

鬼を退治して
鬼籍にはいる、か…（笑っちゃう
　笑っちゃえるよね、ホント
　えっ、笑えない？）
俺は誰としゃべっているんだろう…
何だか眠たくなってきた
どうしよう
晩ご飯までまだ間があるし…どうしよう…

二階へあがって
窓辺にすわる
夕焼けが
　きれいだ…

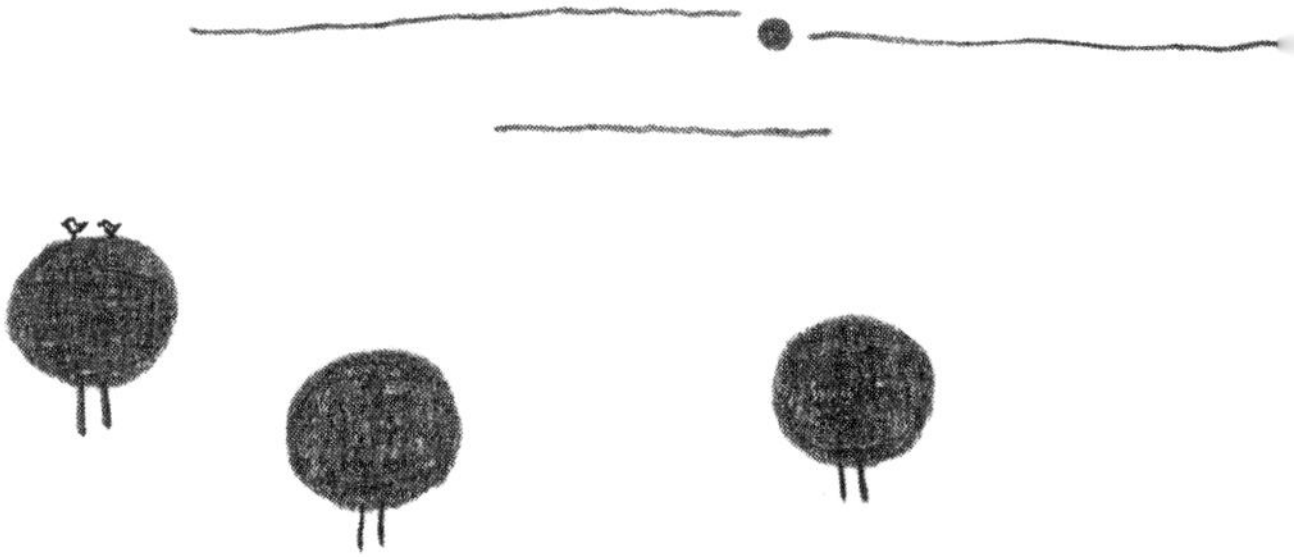

# ゆうきゅう

やわらかい　おおきなものが
ころがってくる

どこか　とおくから
ころがってきて
ぼくの
なか
を
しずかにとおって
また
どこか
とおくへ
ころがっていく

いくつも
いくつも
そうして　とおくへ
すぎていく

このはるも
そうして　いっぱい
すぎていく

## はたはた

魚へんに神と書いて
はたはた
食べたことはあるけれど

生身は
知らない

　広い海の中で
　君はどんなふうに泳いでいるの

高い階段の上に杞憂《きゆう》の杞が一つ　と書いて
たかしなきいち
漢字の説明はできても
中身の説明は
できない

　自分でさえも
　わからない

夜の
暗いお皿の上に

こんがりと焼けた身がひとつ
　神でもこうして食べられる

はたはた
はたはた

　この広い空の下で
　君は今どんなふうに流れているの

切られたり
冷たくされたり
焼かれたり
しながら

はたはた

君は
これから
どこへ行こうとしているの

王様は太る

馬は悲しむ

# 小さな質問

すいーっ　と　空から降りてきて
水辺の
草の
葉先に止まると
背筋をのばし
その子は
体ごと
神さまにきいた

なぜ　ぼくはトンボなの？

神さまは
人間にはきこえない声で
その

トンボに言った
　ここに今
　君が必要だから

## 戦争

黒板に
私は愛と書く
先生が教えてくださったとおりに
黒板に
私は夢と書く
先生が教えてくださったとおりに

黒板に
私は友達と書く
先生が教えてくださったとおりに

黒板消しはいらない

爆弾が落ちてきて
それらを一瞬のうちに
消す

# 山にのぼって

山にのぼって
体操をして
深呼吸を三回して
空に
鳥が舞っている
あんなところで何をしているんだろう
と
向こうでも
思っているかもしれないな
ひとり　山の上にいて
遠くの町や空を見る
一日　誰と話すこともなく
山の上に小さな畑を作り
たった三つで亡くなった子供のために

童話を書きながら
誰にも読まれないままに
年老いて
ひとり死んでいったおじいさんの物語
鳥は空のどこで死ぬんだろう
思い出すと
ちょっとつらくなってくる
そんな風景ってあるね
誰からもここは見えないけれど
もう一度深呼吸をして
鳥にも　さよなら　と言って
のぼってきた道を
今日も
ひとりでおりる

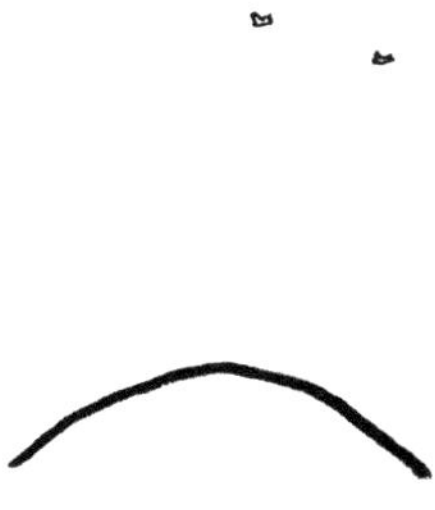

# 桃の花

——今日、桃の花が咲きました
と遠い人から便りがあった
もうそんな頃なんだ…
空を眺め
しみじみとその人のことを考える
詩を作るより
田を作り
さらに子供を（三人も！）作り
おだやかに月日を重ね
去年の暮れには一戸建の家も買ったという
庭には蝶々も飛んで
春がいっぱいにつまった手紙
——そちらは如何ですか
桃の続きに

そう書かれてあったので
うちには桃の木はありません
と
返事を出した

『雲の映る道』2008

## 電球

忘れ物をした電球が
犬を連れて帰ってくる
「何を忘れたか　忘れてしまった」
ぼうぜんと
門前でしおれている
とうぜん　明りもつかない
家は暗いまま
夜へ
傾いていく
妻は台所で包丁を研ぎ

犬は庭で
走り回っている
明りがなくても
進んでいく時がある

## 塩

朝
テレビを見ていると
突然名前が呼ばれ
明日は羽黒山《はぐろやま》との対戦だ
と発表された
いきなりそんなことを言われても

まわしもないし
稽古も小学校以来していない
第一、羽黒山って誰だ?
箸を置き
庭の方に目をやると
もう
裸の大きな男が塩をまいている
春場所とはいえ
外はまだ寒い
いつまでも待たすわけにはいかない
こちらも台所から塩を持ってきてまいてみる
全部使わないでね
台所から妻の声が飛んでくる
上等の天然塩だから、と
ビン入りだからいくら振ってもそんなに出ない
それより
この勝負と塩と

妻にはどっちが大事なんだろう
相手はもう腰を下ろしている
ぼくはビンを手に　立ったまま
もう一振りしようかどうか
まだ
迷っている

## 天穹《てんきゅう》

もうおしまい？
というふうに
首をかしげてこちらを見ている
もうおしまい　また明日
と言って

おやつをしまう
犬は
それでもわたしの腕に手をかけて
もっと　とねだる
その顔が
死んだこどもと重なる

あの日も　何度もしたのに

高い　たかーい

って何度も　何度もしたのに

もうおしまい？

# 春と骨

扉がひらき
骨が出てくる
その
ひとつひとつを
箸でつまんで
小さな壺に入れていく
あんなに大きかったものが
こんなに小さくなって　帰っていく
春
誰もいない
野原にすわって
遠くを見ていると
箸が
よみがえってくる

箸の先の小さな焼け焦げた骨が
崩れ
問いのように　空から
降ってくる

もう会えないの？

## いっしょだよ

かわいがっていたのに
ぼくが先に
死んでしまう
犬はぼくをさがして　さがして
でも

いくらさがしても
ぼくが見つからないので
昼の光の中で
キュイーンと悲しげな鳴き声をあげる
その声が
死んだぼくにも届く
ぼくは犬を呼ぶ
こっちだよ　こっちへおいで
犬はその声に気づく
ぴたっと動きを止めて
耳を立て
しっぽをちぎれんばかりに振って
一目散にぼくのところへやってくる
ずいぶん痩せたね
何も食べてなかったの？
キュイーンとうなずく
ぼくは骨をあげる

犬はぼくの骨をたべる
おいしかった?
クー
これからずっといっしょだよ

## 夏葬《かそう》

暑い日にはよく人が死ぬ
祖母は夏の真ん中で
子供は夏の終わりに
父はつい昨日のような梅雨に……
鋭角の橋を越え
のびきった草をかき分けて

午後二時
焼けた石の並ぶ所に立つと
「久しぶりだなあ」
死者たちが
天上からぞろぞろと降りてくる
わたしたちは手を合わせ
汗をしたたらせつつ
短い言葉をかわす
「靴がない
　病院に忘れてきた」と
新参者の父が言う
まだ
こちら側にいるみたいな顔をして

# 初夏

草原で
ライオンが
シマウマを食べている
まだかすかに動いている体から
はらわたを引き出して
一心不乱に食べている
その横を
別のシマウマが
のんびりと過ぎていく

おなかを満たしたライオンは
もうほかのシマウマに
見向きもしない

ここは今　緑にあふれ
食べるものも
いっぱいあふれているけれど

テレビに映る
遠い異国の町では
今日も
爆音が鳴っている

人は
食べもしないのに
どうして人を殺すのだろう

# 新世界

リンゴの皮をむくように
地球をてのひらに乗せ
神さまは
くるくるっとむいていく
垂れ下がった皮には
ビルや橋や木々があり
そこに無数の人がぶらさがっている
犬も羊も牛も
みんな
もうとっくに落ちていったのに
人だけがまだ
必死にしがみついている
たった何万年かの薄っぺらな皮
それをゴミ箱に捨て

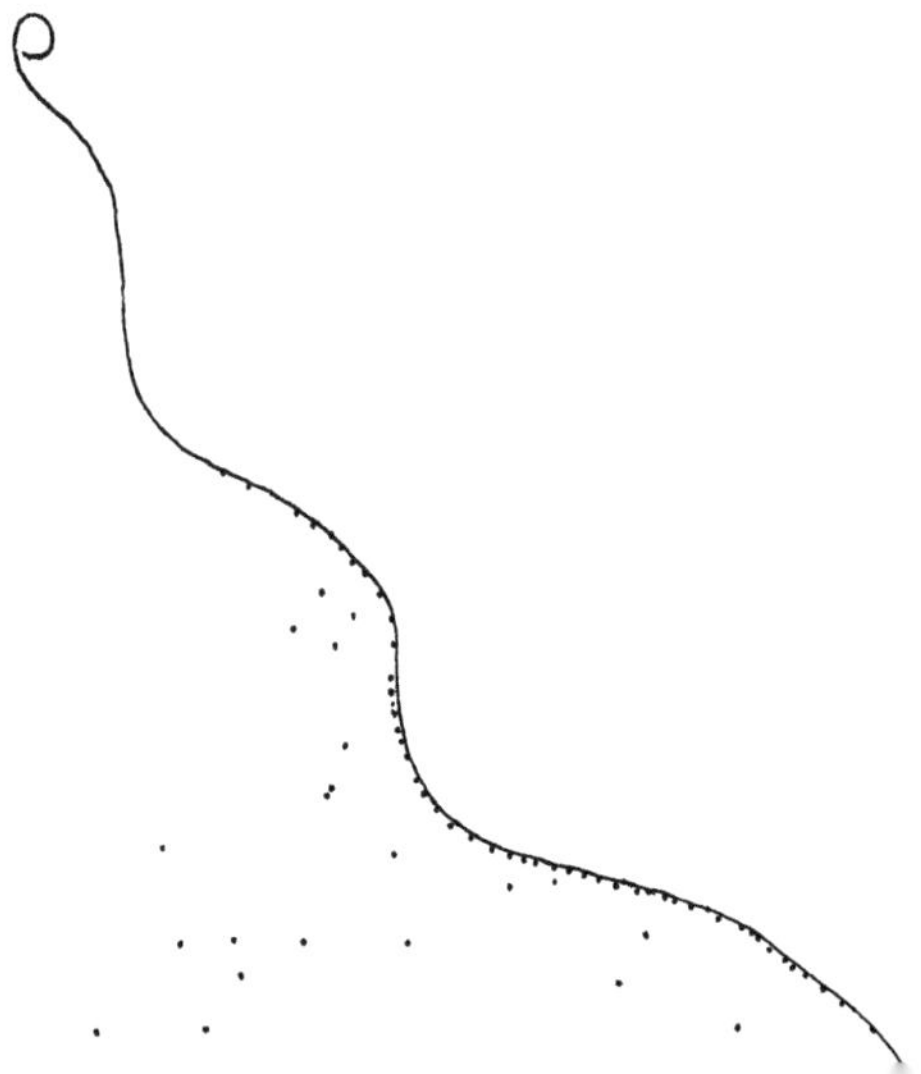

神さまは待つ
むかれた後の大地から
また新しいいのちが芽生え
みどりの中から鳥が空へ飛び立つときを
そこに僕はいないけど
人は誰もいないけど

## 雲の映る道

小学校への道は
田んぼの真ん中にあった
そばには小川もあって
そこでよくザリガニをとった
田植えが終わり

水を張った田んぼには
雲が映って
なんだか空を歩いているようだった
田んぼの向こうには
牛が歩いていたり
おにぎりを食べている人がいたりした
カエルもおにぎり食べるかなあ
しゃがんで
泳ぐのを見ていたら
どこかでぼくを呼ぶ声がする
走らんとおくれるでー
と　遠くで
中村君が手をふっている

そんな道を
今でもときどき歩く
道も田んぼも

とうの昔になくなってしまったけれど
自分が今どこにいるのか
わからなくなった時
目をつぶって
雲の映る田んぼの道を
ゆっくり　ゆっくり
帰っていく

## 春の港

子供をつれて
丘にのぼる
丘の上から港が見える
大きな外国船が行き来する

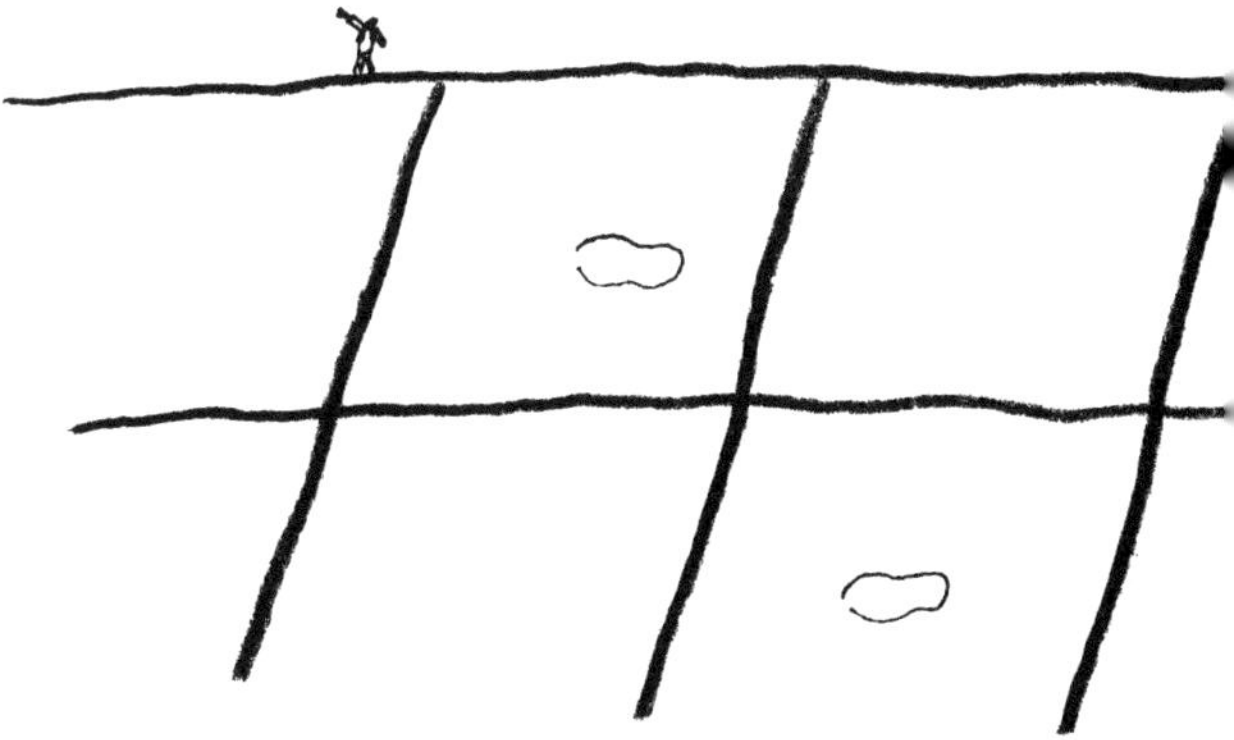

「おまえは大きくなったら何になる」
「ふねになる」
子供を抱きあげ
肩に乗せて
海を見る

遠くに
もう終わってしまった江戸が
かすんで見える

　　ばいばーい

遠ざかっていく船に
子供は手をふる
うれしそうに
何度も
覚え立ての異国の言葉をくりかえす

ばいばーい

その声が
少しずつ遠くなっていく
空へ
わたしの
まだ小さなふねが消えていく

『いつか別れの日のために』　2012

## 草の実

散歩に行くと
犬は草の実をいっぱいつけて
帰ってきます
草むらを走り回るので
草の実は
遠い草むらから
我が家に来ます
こんにちは
とも言わず
我が家の庭で暮らします

春になり芽を出して
どんどん大きく育っていきます
庭はいろんな草でいっぱいになります
私と犬は草の中で暮らします
草の中で
ごはんを食べて
排泄をして
いつか
さようなら
とも言わず
私も犬も　順番に
ここから去って行くのです
どこか
遠いところへ
草の実をいっぱいつけて

# 夏の散歩

こどもがいないので
犬をこどものように思って
育てていると
犬は
わたしの前にすわり
――パパさん、おやつをちょうだい
と言ったりします
やらないと
ひっくりかえって泣いたりします
ご飯のときは
お膳の前にすわり
お茶碗をさしだします
箸をつかって上手に沢庵《たくあん》をはさんだりもします
食事のあとはテレビを見

お風呂にもひとりではいります
夜はわたしの隣で眠ります
散歩のときは
四本の足で歩いていますが
帰ってくると
立ちあがって二本の足で歩きます

犬の一生は短いので
生まれてもうすぐ七年になるこの子は
人間で言えばもう四十歳ぐらいでしょうか
あと五年もしたらたぶんわたしの歳《とし》を追い越します
そしてさらに五年もしたら
わたしより先にこの世から去っていくかもしれません
そう思ったら
もうそれだけでかなしくなってきます

でも今は夏

あふれるみどりの中を
この子は元気に歩いています
歩きながら
ときおり振り向いて
こちらを見ます

　ずっと　ずっと　いっしょだよ

そんな顔をして
しっぽをふって

## とびこえて

長く降りつづいた雨がやみ

水たまりに
今朝は
青空が映っています

両側に田んぼの広がる道を
こどもたちが
はしゃぎながら
歩いています

約束はみんな
雨で
流れてしまったけれど
ひさしぶりに晴れたうれしさに

こどもたちは歩いていきます
水たまりを
いくつも　いくつも

とびこえて

## 春と習字

春という字を見ていて
これは
三と人と日からできているんだと気がついた
三人の下に日があって
春になる

君と僕のほかにはここに人がいないので
ここは
いつまでも春にならない
のだろうか

春にならない家で
君はメールを見たり
本を読んだり
僕はメールを見たり
お酒を飲んだり
たまには詩を書いたりもして

ときおり
ここへ来るはずだった
もう一人のことを思い出したり
しながら
僕は
書き損じた春を
何枚も何枚も
まるめてはゴミ箱へ捨てた

# 答は空

こどもと散歩をしながら
聞いてみる
ねえ
この世で一番のお金持ちは誰だか知ってる?
こどもは首をかしげてぼくを見る
ぼくは得意げに言う
答は空
見てごらん
あんなに立派な太陽や
白いきれいな雲を持っている
夜には月や星まで出してくる
どんなお金持ちもあれは買えない
どう、すごいだろ?

五月のよく晴れた朝
もしもぼくにこどもがいたら
こんな話をするのになあ
と思いながら
犬といっしょに
若葉の美しい道を歩いていました
犬はぼくを引っぱり
先へ先へと急ぎますが
人間のぼくはそんなに速くは進めません
歩くことに
疲れて　立ち止まったり
時に振り返ったり

そんなぼくに
さっき
立ち止まったところから
今も動かずにいるこどもの声が

明るく
ひびいてきます

空ってすごいね

空ってすごいね　お父さん

## 純朴な星

宇宙の片隅に
とても純朴な星がありました
地球のように
そこには
海や川や草木があって

とうぜん　人間みたいな人もいましたが
地球と違って
人は寿命が一日ほどしかありません
朝　陽が出る頃に生まれた人は
翌朝　陽が出る前にはみんな死んでしまいます
久し振りだね
というのは
この星ではほんの数十分のことです
半日も会わないと
もう顔も忘れるほどになってしまいます
ですから
この星の人たちは
大切な人と出会ったら手をつなぎます
手をつないだまま仕事をし
手をつないだまま本を読み
手をつないだまま食事をします
そして

死ぬときにやっと手を放します
「ずっと手をつないでくれてありがとう」
それがこの星でのお別れの言葉です

夜中　外に出て
空を見上げていると
なつかしい声がひびいてきます
暗い空から
ズット手ヲツナイデクレテアリガトウ
と
ずっと手を
つないでいてあげられなかった僕に

# 家路

子供の頃
下校時にはいつも風と共に去りぬが流れていた
なんて話をしたら
隣で一緒に呑んでいたひとは
わたしの頃は家路だったわ
と言う
そのまんまだなあ
と笑ったら
タラのテーマでしょ
あんな荘厳な曲で子供が帰っていくなんて変よ
と言い返す
そうかなあ……
頭の中に
遠い日の下校時がよみがえってくる

日が西に傾いて
空が赤く染まってくる頃
唐突に曲が鳴り始め
やがて女の子のアナウンスが聞こえてくる
「下校時間になりました。皆さん、おうちに帰りましょう」って
あれを聞くと
何だか悲しい気分になったなぁ
どうしてだろう
家路もそうだけど
下校の音楽って
どうしてあんなに切ないんだろう
今でもね
ひとり窓の外の夕焼けなんて見ていると
聞こえてくることがある
夕空にあの荘厳な曲が流れ出し
「下校時間になりました」って言う女の子の声が
もっと遊んでいたいのに

くりかえし
「皆さん、おうちに帰りましょう」って
もう人生の日暮れにさしかかり
帰っていく道も忘れかけている僕に

## 春の海

電車に乗って
海へ行く
まだ一度も海を見たことのない君を連れて

君はうれしそうに窓の外を見る
景色はうしろへうしろへ流れ
やがて海が見えてくる

君はふりかえり
驚いたような顔で僕を見る

あれがうみ？
そうだよ　あれが海　みんな水でできているんだよ

おおきいね…

海沿いの
眠るような町を電車は進む
まだ小さな君と
君の手をにぎった僕の
二人だけを乗せて
海へ
ゆっくりと

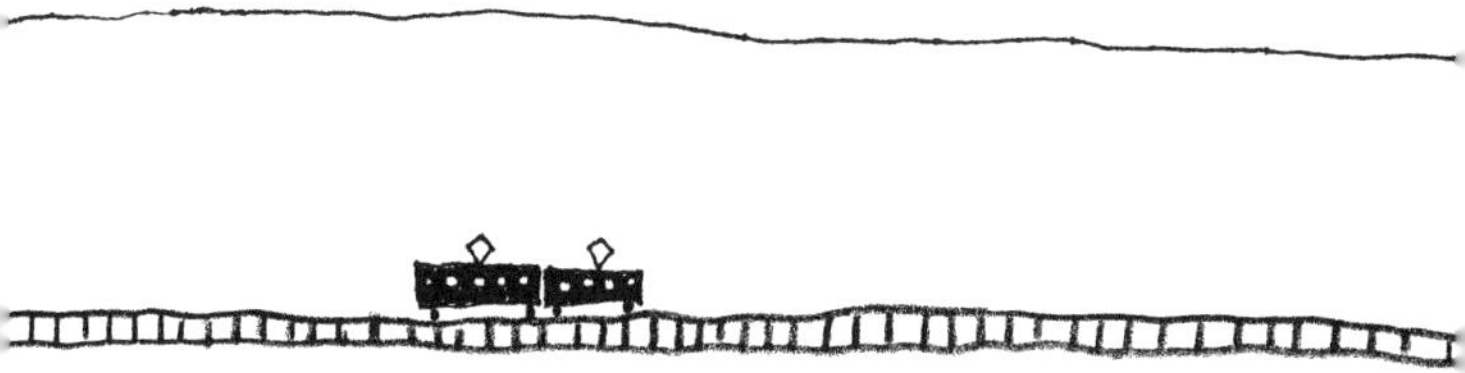

『千鶴さんの脚』 2014

# 絶対孤独

それから何万年かが過ぎ
冷蔵庫のお肉も
卵も
野菜も
みんな溶け去った

そうなる前に食べておけばよかったと
思っている人も
とうぜん
消え去って

ここは
とても静かになった

丁か半か　問う声もなく
草むらに
冷蔵庫は残り

夜になると
その上に
小さな虫のようなものが来て
空を見上げて
消えそうな声で鳴く

　　コドック…

垂れ下がった（お尻のような）空に
声が

はねかえってひびく

## 千《ち》鶴《づる》さんの脚

千鶴さんと歩いてゐます
砂漠の中を
二人並んで歩いてゐます
千鶴さんは和服です
涼しげな藤色の小紋がよく似合つてゐます
きれいな人だからなほさら
と思ひながら
僕は歩いてゐます
あれからどうなさつてゐらしたの
とふいに

千鶴さんが尋ねてきます
あわてゝ目を逸らし
はあ　まあ　なんとか
と答へます
さう
と千鶴さんはわらひます
僕は千鶴さんのことはよく知りません
あれからとは
どれからのことなんだらう
脚が
ぼんやりと浮かんできます
千鶴さんの脚が
目の前にあつたやうな気がします
暑い
とそのとき確か
消えさうな声で千鶴さんは言つたやうな……
無花果《いちじく》の実のことも覚えてゐます

ふたつに裂かれ
テーブルの白いお皿の上にのつてゐました
僕はあれを食べたのでせうか

## 雨上がり

雨の日は好きじゃないけど
雨上がりって好き
道も木もきらきらと輝いて
とってもきれいに見える
雨って
神さまの洗濯かしら

昨日　お母さんに言われた

自分のものぐらい自分で洗濯しなさいって
お母さんは何を怒っていたのだろう
わからないけど
お母さんにも時折どうしようもなくつらいことがあるんだと
そのときわかった

これからはたまには洗濯をしよう
自分の分だけじゃなく
みんなの分も
神さまだってそうしてるんだしね

そうして
帰ったらお母さんに言おう
今日　とってもいいことがあったの　って
何って聞かれたら
神さまの洗濯　って答えよう
お母さん

笑ってくれるかな

## カーニバル

道の真ん中で
猫が死んでいました
口から血を流して
星のとてもきれいな夜でした
車が来て
はねられて
ちょうどここに落ちたのでしょうか
まだやわらかい細胞の
ひとつひとつが
今　死んでいく途中です

こんなに楽しい夜に
こんな所で
ひとり凍っていくのは
どんなに淋《さみ》しいことでしょう
でも大丈夫
明日には
みんなここに落ちてくるのですもの

## 春の雪

目がさめて
窓の外
そぼそぼと降っていた雨が
顔を洗って

もどってくると
雪に　なっていた

パンとタマゴを焼いて
食べた

壁の時計は動かない

おじいさんも　動かない

みんな電池が切れちゃったから
みんな動かない

外はいい
動くものがいっぱいあって

この小さな窓からも

毎日
少しずつ変わっていくものが
見える

## 悠久のほとり

滝のように星が流れ落ちているところを過ぎて
やっと
顔が見えてくる
やさしい笑みを浮かべて
ちりのようなぼくを
迎えてくれる

遠い日に去った

祖母も
犬も
こどもも
みんなここへ来て
あの
目や鼻や口のどこかにいる（はず）

ここで待っていればいい？

聞くけれど
顔は
ただほほえむばかり

牛に羽が生え
魚に手や足の生えてくるような
星雲の
無数にきらめく中で

ひとり古びた駅のベンチにすわっていると
どこからか
老いた駅員が来て
次の発車時間を教えてくれる

『水の町』 2015

## 雨

夜半から降りだした君の横で
ぼくは　だまって
降り続けている君を
見ている

　ごめんなさい
　こんなに降って

と君はあやまるけれど
雨だから

しょうがない

どんなにいっぱいの悲しみが
君を降らせているのか

てのひらに受ける
君のひとつぶひとつぶに
今朝
六月のみどりが映って
美しい

# 金魚の夢

夜店の
金魚すくいのあとで
金魚になった
なってみれば
それほどたのしいこともない
みずのなかで
おちてくるえさをまつ
たべたらねむる
おきたら
すこしだけおよぎ
またえさをまつ
そうして
じぶんがなんなのか
すこしずつわからなくなっていく

それなのに
おなかだけはすく

がらすのむこうのよる
でんちゅうがいっせいにあるきだし
はんらんをおこす
ゆめをみる
すこしおもしろい

# 九月になれば

九月になれば
夏の楽しかったことを
庭に
いっぱい植える

時が過ぎ
いつか
君のいたことさえ忘れてしまう
そんな日が来たとしても

空を行く
九月の雲が
この夏の庭へ帰っていく道を
きっと教えてくれると

思うから

# エッセイ・年譜

エッセイ

# ずっと　ずっと　いっしょ

谷川俊太郎

今日は一日外での用事がないので、うちでゆっくり高階さんの詩を読んでいる。すると何だか終わりのない変奏曲を聴いているような気持ちになってくる。バッハの「ゴルトベルク」やベートーベンの「ディアベリ」やレーガーの「モーツァルトの主題による」など、ぼくは変奏曲という形式が好きで、人生そのものが日々の暮らしという変奏によって成り立っているのではないかと思うほどだけど、じゃあ元になる主題は何かと問われると、困る。

人生のテーマは愛であると言う人、信じることだと言う人、魂の進化と言う人などいろんな言い方があるけれど、それを言葉で名付けることはほんとは出来ないんじゃないかな。高階さんの詩についても同じことが言えて、その繊細な変奏の元になるものを名指そうとしても、音楽なら譜面に書けるかもしれないけれど、言葉の明示的な意味ではとらえることが出来ない。

初めっから高階さんは書いている。〈忘れていることが／憶《おも》いださなければならないことが／何かあるような気がしてくる〉（「石像」）、これはぼくが〈何かとんでもないおとし物〉（「かなしみ」）と書き、朔太郎が〈のすたるぢや〉と言い、中也が〈名辞以前〉、賢治が〈無意識即〉と書いたのに通じる心の動きなんじゃないかと思える。

そういう生きることの素《もと》が気になるのは、何も詩人に限らない。詩なんかに無関心で暮らしている人たちだって、（特に若い人は）ふっと自分がどこから来てどこへ行くのかなんて考えることがあるだろう。でもほとんどの人はそんなことは世間での生活に、日々の喜怒哀楽に紛れてすぐ忘れてしまう。高階さんだってお勤めの場では忘れているかもしれない。でもドローン（無人で空飛ぶ奴《やつ》じゃなくて、音楽の持続低音のほう）のように、心の深みに途切れずに続いている響きは、いったいどんな言葉になって出現するのか。

二日に一度
この部屋で　キリンの洗濯をする　（「キリンの洗濯」）

ゆうゆうと
夕焼けは焼けて
なくなった　（「ゆ」）

忘れ物をした電球が
犬を連れて帰ってくる
（「電球」）

日常会話の言葉とも、法律や契約の言葉とも違うとんでもない言葉がどこからか湧いてくる、それが詩の言葉だ。だけどその言葉は見かけはそうは見えなくても、私たちの毎日の生活と地続きなのだ。平成六年九月、高階さんは三歳の息子、雄介くんを亡くした。この苦しい経験を高階さんは詩に書いて他者と分かち合い、そうすることで自身の内面で深めようとしたと思う。それは言語をもった人間という生きものの本能みたいなものだった。

「早く家《うち》へ帰りたい」と題された作は、平明な行分け散文で書かれていて、他の作に出てくる〈とんでもない言葉〉はひとつもない。高階さんは意識してそういう文体を択《えら》んだのではないと思う。ぼくも「父の死」という作で気がついてみたら自然に、同じような文体で書いていたことがある。死という日常的な現実でありながらそこからはみ出す出来事は、それ自体が詩的と言っていい深さをもっているから、かえって散文的な表現を作者に求めるのではないかとぼくは思う。死という事実にひそむ詩は、事実に即した散文によってかえって明らかになるという逆説。

今日は土曜日のせいか電話もファックスもほとんどない。窓の外に眼をやると、あじさいがほころびかけている。チャイを淹《い》れて一休み。去年、癌《がん》の手術をしたと年譜で読んだから、高階さんはどうしてるかなあと思う。子どもを亡くした悲しみよりもっと前からあった哀しみ、この世では癒されようもない、あの世にまで続いているかのような哀しみ……。

たとえばハローワークへ行っても仕事がなかった杜子春《としゅん》、イヌにもキジにもサルにも死なれてもうすることがない桃太郎、「靴がない／病院に忘れてきた」という新参の死者の父、――パパさん、おやつをちょうだいと言い、やらないとひっくりかえって泣く犬、高階さんは悲しみをユーモアに翻訳（?）することで、ささやかなカタルシスを自分と読者にもたらす。

活字で読んでいても詩から声が聞こえてくるのが高階さんの詩だ。その声は彼の暮らしの中での肉声とつながっている。〈ずっと　ずっと　いっしょだよ〉という一行が、「夏の散歩」の中で他の行とは違う組み方をされているのを読むと、レトリックとは無縁のこの言葉が、まるでぼくがぼく自身の愛する存在に向かって囁《ささや》いた言葉であるかのように胸に迫る。

自分という一個人から書き始める高階さんの詩が、かつての私小説のような狭さに陥らず、〈ずっといっしょ〉への切ない魂のひろがりを保っているのは、詩という形式のおかげではないかとぼくは思う。

愛
という形のないものが
はじめて〈愛〉という形になった
（「愛」）

からだの形を失った後も、〈愛〉は言葉の形を得てよみがえる。

そろそろ自然の光が人工の光に変わる時間だ。今日はこれでマックを閉じよう。高階さんにぼくの近況を伝えて。

高いところが苦手になった
階段から転がり落ちる心配が
杞憂どころじゃなくなって
一か八かで上がったり下がったり

二〇一五年五月
（たにかわしゅんたろう／詩人）

年譜

# 高階杞一　略年譜

一九五一（昭和二十六）年

九月二十日、大阪市北区信保町一丁目十五番（現・大阪市北区天満二丁目四—五）に、父・中井一雄、母・裕子《ひろこ》の長男として生まれる（本名・中井和成《かずしげ》）。二年後に妹・桂子《けいこ》誕生。

一九五五（昭和三十）年●四歳

大阪市東淀川区山口町（現・東中島）に転居（転居月不明。前年の可能性もあり）。

左より、父、妹、祖母、著者（4歳）、母。

**一九五八（昭和三十三）年●七歳**

三月、大阪市立南方幼稚園卒園。四月、大阪市立南方小学校（現・西中島小学校）入学。夏頃、大阪市東淀川区豊里町（現・豊里）へ転居。二学期より大阪市立豊里小学校へ転校。五年生より文芸部に属し、担任の先生に連れられて詩の会に行くようになる。この会は神戸市在住の詩人竹中郁が創刊した詩誌「きりん」の、児童詩育成運動の一環であったということをずいぶん後になってから知る。

**一九六四（昭和三十九）年●十三歳**

三月、大阪市立豊里小学校卒業。四月、大阪市立東淀中学校入学。漫画を描くことに熱中し、将来漫画家になりたいと思うようになる。

**一九六七（昭和四十二）年●十六歳**

三月、大阪市立東淀中学校卒業。四月、大阪府立北淀高等学校入学。この頃よりギターで作詞作曲を始め、二十代半ばまでに百曲近くを作る。

**一九六八（昭和四十三）年●十七歳**

三月、大阪大学病院で網膜剥離（左目）の手術を受ける（体育の授業中ラグビーで、同級生の肘が目に当たったことが原因）。入院前、次年度の国語の教科書に載っていた三好達治の「甃《いし》のうへ」を読み、感銘を受ける。

1966年、中学の修学旅行にて。

一九六九（昭和四十四）年●十八歳
三月四日、NHKの人気番組「あなたのメロディー」（素人が作った歌をプロの歌手が歌う）に応募した曲（「春の日」）が入選し、収録のため父と上京（歌はシャンソン歌手の大木康子さん。放送は三月三十日）。
一九七〇（昭和四十五）年●十九歳
三月、大阪府立北淀高等学校卒業。大学受験に失敗し、浪人生活に入る。八月、同居の祖母、死去（七十六歳）。十一月、三島由紀夫の割腹自決のニュースをテレビで見て、大きな衝撃を受ける。
一九七一（昭和四十六）年●二十歳
四月、大阪府立大学農学部園芸農学科に入学。この頃より小説や童話を書き始める。
一九七二（昭和四十七）年●二十一歳
同じ大学の一年上の女性に恋をし、詩を書いていた彼女の影響で詩作を始める。第一作は彼女と和歌山の友ヶ島に行った時の思い出を綴った「海からの便り」（二年後、「近畿文芸詩」十月号に発表。詩集未収録）。
一九七三（昭和四十八）年●二十二歳
岡山の小説と詩の同人誌「礎」の同人となり詩を発表（二年ほどで退会）。この年より「詩芸術」に投稿を始める。七年ほど続け、この間の作品発表の中心となる。
一九七四（昭和四十九）年●二十三歳
「近畿文芸詩」及び「文学地帯」の同人となり、詩やエッセイを発表。
一九七五（昭和五十）年●二十四歳
三月、大阪府立大学卒業。伊豆半島や九州をひとりで巡る。これ以降、職場の休みを利用して、全国各地（特に信州）を旅するようになる。四月、日本万国博覧会記念協会に造園技師として就職。同時に大阪府茨木市下穂積《しもほづみ》へ転居（一人暮らしを始める）。

一九七六（昭和五十一）年●二十五歳

三月、詩誌「パンゲア」を創刊（一九七九年六月、10号で終刊）。年初より作曲活動に区切りを付けるため、記念のレコード制作に取りかかる。十二月、ＬＰ「白い午後」完成（全十五曲収録。二百枚作成）。

一九七七（昭和五十二）年●二十六歳

三月、「三好達治記念館」（大阪府高槻市上牧《かんまき》、本澄寺内）を初めて訪ねる。その折、館内を案内してもらった三好孝さん（達治の甥で、現・本澄寺住職。僧名三好龍孝）と親しく交わるようになる。九月、自主制作アルバムに収録した曲「チョコレート・パフェ」が第一回大阪大衆音楽祭の審査に合格し、大阪フェスティバルホールで演奏される。

一九七八（昭和五十三）年●二十七歳

二月、大阪シナリオ学校に入学。校長であった杉山平一氏と初めて出会う。翌年二月に修了。

一九七九（昭和五十四）年●二十八歳

三月、学生時代、自分を詩作へと導いた女性と結婚。高槻市如是町《によぜちよう》へ転居。十二月、「詩芸術」への投稿を通じて知り合った木野まり子と詩誌「青髭」創刊。

一九八〇（昭和五十五）年●二十九歳

十一月、第一詩集『漠』（青髭社）刊行。杉山平一氏に事前に作品を見て頂き、藤富保男氏から帯文を頂く。

一九八一（昭和五十六）年●三十歳

一月、東京出張の折、藤富保男、荒川洋治両氏と会う（いずれも初対面）。四月、大阪市

東淀川区東淡路へ転居。五月、父母、茨木市郡《こおり》へ転居。

一九八三（昭和五十八）年●三十二歳

三月、初めて書いた戯曲「狢《むじな》」にて第一回キャビン戯曲賞佳作入賞（選考委員は別役実、秋浜悟史他）。八月、離婚。家を出て、大阪市東淀川区豊新《ほうしん》へ転居。第二詩集『さよなら』（鳥影社）刊行。この頃からさまざまな詩誌に詩を発表するようになる。

一九八四（昭和五十九）年●三十三歳

二月、戯曲「ムジナ」（「狢」を改題）、梅田・阪急ファイブ「オレンジルーム」にて公演。演出は小松徹、出演は関西の若手劇団（劇団そとばこまち、南河内万歳一座など）から選抜。五月、五月女素夫《そとめそふ》と詩誌「スフィンクス考」創刊。3号より鈴木東海子と神尾和寿が参加。六月、ファッション雑誌「神戸からの手紙」六月号に短篇戯曲「魚のとぶ日」を発表。茨木市紫明園に転居。十二月、戯曲「ムジナ」、大阪府職員演劇研究会によって再演（大阪府職員会館第一講堂）。

一九八六（昭和六十）年●三十五歳

七月、詩誌「ハリー」（同人・鈴木ユリイカ、阪本若葉子、中本道代、國峰照子、永塚幸司、征矢泰子等十九名）に創刊号より参加。

一九八七（昭和六十一）年●三十六歳

六月、二作目の戯曲「雲雀の仕事」、大阪府職員演劇研究会により公演（大阪府立青少年会館）。「青髭」19号で終刊。十月、飲んだ帰りに交通事故に遭う（前歯を六本折り、唇を十五針縫う）。

一九八九（平成元）年●三十八歳

三月、第三詩集『キリンの洗濯』（あざみ書房）刊行。四月、朝日新聞書評欄に紹介される。「スフィンクス考」15号で終刊。七月、高槻市奈佐原に転居。八月、新宿中村屋にて『キリンの洗濯』の出版記念会が催される。十一月、職場で知り合った女性と結婚。

一九九〇（平成二）年●三十九歳

三月、『キリンの洗濯』で第四十回H氏賞受賞。五月、ニッポン放送で『キリンの洗濯』がラジオドラマ化され放送される。六月、「ハリー」24号で終刊。七月、「H氏賞受賞を祝う会」が三井葉子さんの呼びかけによって催される（大阪・なにわ会館）。八月、神尾和寿と詩誌「ガーネット」を創刊（2号から大橋政人、嵯峨恵子が参加。現在同人八名で継続中）。九月、長男・雄介誕生（腸に神経がないという難病を抱えて生まれ、一年の間に五度の手術を受ける）。

一九九三（平成五）年●四十二歳

五月、雄介、退院。五月末、矢野好弘氏作曲による「ぷかぷか」「明日は天気」（『キリンの洗濯』より）が「第十四回まほらま会」公演（上野奏楽堂）で演奏される（これ以降、鈴木輝昭氏、横山潤子氏など十数名の作曲家により曲を付けられ、各地で演奏される）。公演の帰途、まど・みちおさんとご自宅（川崎市）近くの喫茶店で初めてお会いする。九月、大阪シナリオ学校の講師を引き受ける（二〇〇五年まで）。十月、大阪市中央公会堂において、福間健二、辻仁成、高階の三人による詩の朗読会開催。第四詩集『星に唄おう』（思潮社）刊行。

一九九四（平成六）年●四十三歳

四月、雄介、平安女学院幼稚園（高槻市）に入園。大阪文学学校チューター（講師）に就任（一九九八年に退任）。九月四日、雄介、死去（三歳）。

一九九五（平成七）年●四十四歳

一月十七日早朝、阪神淡路大震災起こる（家財が散乱するも、大きな被害なし）。十月、妻と別居。翌年一月、離婚。十一月、第五詩集『早く家《うち》へ帰りたい』（偕成社）刊行。

一九九七（平成九）年●四十六歳

六月、第六詩集『春ing（はりんぐ）』（思潮社）刊行。十月、川崎洋・高階杞一・藤富保男共編著『スポーツ詩集』（花神社）刊行。「生活と文学の会」主催の「現代詩講演会」（大阪社会福祉指導センター）にて講演（青木はるみ・以倉紘平両氏と共に）。

一九九八（平成十）年●四十七歳

三月、播磨文芸祭で自作詩を朗読（姫路文学館）。十一月、高槻市立中央図書館で講演。十二月、神戸のFM放送局「Kiss FM」で初めて書いたラジオドラマ「聖夜／天使が／街で」が放送される。

一九九九（平成十一）年●四十八歳

四月、第七詩集『夜にいっぱいやってくる』（思潮社）刊行。春頃、岸田衿子さんから電話で、「柳波《りゅうは》賞」（童謡詩人・林柳波を顕彰する童謡詩の賞）審査員への就任を要請される。まど・みちおさんが岸田さんに推薦されたとのこと。喜んでお受けする。九月、「空とぶキリン社」と名付けて詩集の出版活動を始める（現在までに十六冊刊行）。十月、群馬県沼田市で第一回柳波賞審査会（現在も審査員を継続中）。十一月、第八詩集『空への質問』（大日本図書）刊行。

二〇〇〇（平成十二）年●四十九歳

四月、『空への質問』で第四回三越左千夫少年詩賞受賞。九月、第一回「ガーネット祭」開催（大阪・梅田）。

二〇〇一（平成十三）年●五十歳

一月、大腸ポリープ切除手術のために入院。切除後、ポリープが癌化していたことが判明。

九月、第二回「ガーネット祭」開催（東京・千駄ヶ谷「津田ホール」）。

二〇〇二（平成十四）年●五十一歳

三月、二十七年間勤めた日本万国博覧会記念協会を退職。五月、大阪文学学校で知り合った笹野裕子《ゆうこ》と結婚。神戸市北区道場町生野へ転居（現住地）。十一月、「広島けんみん文化祭・現代詩大会」（庄原市）で講演。

二〇〇三（平成十五）年●五十二歳

「詩学」三月号で「特集・高階杞一」が組まれる。八月、第九詩集『ティッシュの鉄人』（詩学社）刊行。九月、第三回「ガーネット祭」開催（神戸・布引ハーブ園）。

二〇〇四（平成十六）年●五十三歳

四月、大阪芸術大学文芸学科の非常勤講師に就任（現在も継続中）。京都造形芸術大学通教部非常勤講師に就任（翌年辞任）。七月、堀内貴晃氏作曲による混声合唱組曲「キリンの洗濯」が第十五回朝日作曲賞受賞。九月、現代詩人文庫1『高階杞一詩集』（砂子屋書房）刊行。十一月、京都新聞で詩書評担当（二〇〇七年二月まで）。

二〇〇五（平成十七）年●五十四歳

六月、父・一雄死去（八十歳）。九月、第十詩集『桃の花』（砂子屋書房）刊行。十一月、おかやま県民文化祭（岡山市）で講演。

二〇〇六（平成十八）年●五十五歳

二月、三重県詩人クラブ（伊勢市）、日本現代詩人会・西日本ゼミナール（大阪市）、播磨文芸祭「わたしの詩」（姫路文学館）でそれぞれ講演。

二〇〇七（平成十九）年●五十六歳

四月、毎日新聞（兵庫版）に月一回、エッセイを発表（翌年三月まで）。十一月、大阪文学学校講師時代のクラス生で、「詩学」の編集長となっていた寺西幹仁《みきひろ》君死去の知らせにショックを受ける。翌年三月発行の「ガーネット」54号で追悼特集を組む。

二〇〇八（平成二十）年●五十七歳

九月、第十一詩集『雲の映る道』（澪標《みおつくし》）刊行。十月、商業詩誌「びーぐる　詩の海へ」創刊（編集同人、高階・細見和之・四元康祐・山田兼士）。「びーぐる」2号特集「モダニズム・異端の系譜」のため、藤富保男さんにインタビュー（藤富邸にて）。

二〇〇九（平成二十一）年●五十八歳

五月、食道癌の手術のため入院。十月、「びーぐる」6号特集「詩への航海　異境の海へ」のため、漫画家・高野文子さんにインタビュー（JR蒲田駅前の喫茶店にて）。

二〇一〇（平成二十二）年●五十九歳

一月、松下育男と「びーぐる」で〈共詩〉を始める。七月、中日詩祭で講演（名古屋市）。

二〇一一（平成二十三）年●六十歳

十月、「びーぐる」14号特集「人と自然を愛した詩人　今こそ、岸田衿子」のため、谷川俊太郎さんにインタビュー（谷川邸にて）。

二〇一二（平成二十四）年●六十一歳

五月、第十二詩集『いつか別れの日のために』（澪標）刊行。六月、兵庫大学（加古川市）で講演。十月、萩原朔太郎記念「小学生の詩」コンクールの選考委員に就任。

二〇一三（平成二十五）年●六十二歳

三月、『いつか別れの日のために』で第八回三好達治賞受賞。四月、『早く家《うち》へ帰りたい』が夏葉社から復刊される。十一月、篠山《ささやま》チルドレンズミュージアム（篠山市）で講演。

二〇一四（平成二十六）年●六十三歳

三月、第十三詩集『千鶴さんの脚』（澪標）刊行。五月、日本詩人クラブ関西大会で講演（大阪市）。七月、食道癌（五年前とは別の部位）及び胃癌の手術のため入院。九月、『千鶴さんの脚』で第二十一回丸山薫賞受賞。十一月、「ふくい詩祭」で講演（福井市）。

二〇一五（平成二十七）年●六十四歳

五月、第十四詩集『水の町』（澪標）刊行。

（二〇一五年五月　自筆）

# 出典一覧

| | | |
|---|---|---|
| 『漠』 | 青髭社 | 一九八〇年 |
| 『さよなら』 | 鳥影社 | 一九八三年 |
| 『キリンの洗濯』 | あざみ書房 | 一九八九年 |
| 『星に唄おう』 | 思潮社 | 一九九三年 |
| 『早く家《うち》へ帰りたい』 | 偕成社 | 一九九五年（二〇一三年　夏葉社より復刊） |
| 『春ing』（はりんぐ） | 思潮社 | 一九九七年 |
| 『夜にいっぱいやってくる』 | 思潮社 | 一九九九年 |
| 『空への質問』 | 大日本図書 | 一九九九年 |
| 『ティッシュの鉄人』 | 詩学社 | 二〇〇三年 |
| 『高階杞一詩集』 | 砂子屋書房 | 二〇〇四年 |
| 『桃の花』 | 砂子屋書房 | 二〇〇五年 |
| 『雲の映る道』 | 澪標 | 二〇〇八年 |
| 『いつか別れの日のために』 | 澪標 | 二〇一二年 |
| 『千鶴さんの脚』 | 澪標 | 二〇一四年 |
| 『水の町』 | 澪標 | 二〇一五年 |

編註

＊本書は、ハルキ文庫のためのオリジナル編集です。

＊一部文字を訂正したり、読みやすさを考慮し、新たに振り仮名を加えました。